Ralf Neubohn

Merlin, Banshee und der geheimnisvolle Henker

Ein Merlin Fantasy-Krimi in großer Schrift

Ralf Neubohn

Merlin, Banshee und der geheimnisvolle Henker

Ein Merlin Fantasy-Krimi in großer Schrift

Bibliografische Information der Deutschen Nationalbibliothek
Die Deutsche Nationalbibliothek verzeichnet diese Publikation
in der Deutschen Nationalbibliografie;
detaillierte bibliografische Daten sind im Internet
über www.dnb.de abrufbar.

Herstellung und Verlag: BoD – Books on Demand, Norderstedt

ISBN: 978-3-7578-0093-2

Dieses Buch ist allen Elfen und Feen gewidmet

Inhalt

Vorwort

Im 5. Fantasy-Krimi bekommt es Merlin mit einem äußerst mysteriösen Henker zu tun, der seine Opfer an einsamen Wegen auf die bizarrsten Weisen tötete. Was ist sein Motiv für die extrem schaurigen Morde? Probiert er einfach nur alle Hinrichtungsarten vom Altertum bis zu Merlins Zeiten durch? Oder steckt da etwas viel Düsteres dahinter? Einer der rätselhaftesten Fälle des Zauberers und Amateur-detektivs Merlin. Doch auch die anderen neuen Fälle haben es in sich, zumal die gefährliche Banshee öfters Merlins Wege kreuzt

Einleitung

Während der Zauberer Merlin als magischer Detektiv viele Kriminalfälle löste, bekam er es auch oft mit guten Feen, bösen Feen und der Todesfee zu tun.

Letztere gehörte weder zu den guten Feen, noch zu den bösen. Banshee besaß ein absolutes Alleinstellungsmerkmal. Obwohl selber äußerst gefährlich, rettete sie auch gelegentlich jemanden aus großer Gefahr. Die Todesfee lag fern von den bekannten Kategorien gut und böse, sie war einfach Banshee, mit ihren ganz eigenen Wertvorstellungen. Dies machte sie für alle anderen Lebewesen völlig unberechenbar und rätselhaft. Da viele Tote ihren Weg pflasterten, gehörte die Todesfee aber auch zu den meist gefürchteten Lebewesen überhaupt. Zu Recht?

Die Artistengruppe

Im Süden Britanniens zog eine Artistengruppe von Stadt zu Stadt um auf den Jahrmärkten aufzutreten und ein bisschen Geld zu verdienen.

Die Bauchrednerin Aurora Oriol sagte bei der Wanderung durch einen Wald: „Hier wurden schon viele Wandertruppen von Räubern getötet. Wir hätten lieber den längeren Weg um den Wald herum nehmen sollen."

Der Seiltänzer Stürzab gab ihr sorgenvoll Recht: „Ja, das stimmt. Aber die anderen wollten es nicht, weil wir sonst zu spät ankommen. Wenn der Jahrmarkt schon im vollen Gange ist, bekommen wir keinen guten Platz mehr für unseren Auftritt."

Im Gebüsch raschelte es und eine Gruppe bewaffneter Räuber sprang heraus: „Geld her oder Ihr seid des Todes!"

Aurora seufzte: „Das sind wir sowieso! Ihr lasst doch niemand entkommen, der Euch wiedererkennen würde!"

Der Räuberhauptmann lachte höhnisch: „Natürlich nicht! Ihr habt nur die Auswahl vor dem Tod gefoltert zu werden oder nicht. Je nachdem, ob Ihr Euer verstecktes Geld gleich rausrückt oder nicht."

Die Bauchrednerin stellte fest: „Nun, wir haben keine Chance gegen Euch. Aber den Überfall werdet Ihr früher oder später bereuen! Wer in einem magischen Wald mordet, wird stets streng bestraft."

Der Räuberhauptmann lachte noch mehr: „Wer soll uns denn bestrafen? Glaubst Du etwa an die Märchen von Feen und Druiden? Lächerlicher Kinderkram!"

Die Strafe

Die Strafe folgte auf dem Fuß: Hinter den Räubern trat ein vermummter Druide aus dem Dickicht und von vorn bei den Artisten erschien die Todesfee. Jeder von beiden räumte magisch mit den Räubern auf. Es fiel nur auf, dass der Druide als eher schwächeres magisches Wesen ungefähr gleich schnell vorankam, wie die so mächtige Todesfee. Das lag daran, dass sie fern von Irland weniger Macht besaß, als sonst. Doch dies nutzte den Räubern nichts.

Der Druide zischte den letzten Räubern zu: „Wie gefällt es Euch, Märchengestalten live zu erleben?"

Scheinbar nicht sehr gut, denn die Räuber versuchten zu fliehen, was aber völlig misslang.

Nach dem Ende des sehr einseitigen Kampfes verschwanden die beiden magischen Wesen wieder.

„Nun haben wir auf dem Jahrmarkt viel Neues zu berichten", meinte Aurora gedankenvoll.

„Ja, aber das wird uns keiner glauben", ergänzte der Seiltänzer bedauernd.

Morde in Stonehenge

In der Nähe der britischen Südküste lag Stonehenge. Dort machte der Druide Todesträumer von sich reden. Nachts wagte sich niemand mehr aus seinem Bauernhof, um nicht als rituelles Opfer in Stonehenge zu enden.

Das Geheimnis der Todesfeen allgemein lag darin, dass sie an ein bestimmtes Haus als eine Art Schutzgeist gebunden waren. Durch einen Schrei warnten sie dessen Bewohner vor einem bevorstehenden Tod. Wenn das Haus von den Menschen verlassen wurde, konnten sich die Todesfeen unter bestimmten Voraussetzungen von dort entfernen. Allerdings sank mit der wachsenden Entfernung vom ehemaligen Zuhause auch ihre magische Macht rapide.

Von dieser Legende hatte der Druide schon früher gehört, aber seit dem Überfall auf die Artistengruppe wusste er, dass sie stimmte. Dies wollte er ausnutzen, um die irische Banshee zu töten. Denn hier im äußersten Süden Britanniens lag ihre Macht so niedrig wie sonst nirgends. Nach ihrem Tod stand ihm kaum noch jemand im Weg, Britannien zu unterjochen.

Die Falle

Eines Abends wollte der Druide wieder ein rituelles Opfer bringen, als Banshee erschien: „Mit Deinen Morden ist es jetzt vorbei, nun bist Du selber das nächste Todesopfer in Stonehenge!", rief die erboste Todesfee.

Der Druide lachte siegesgewiss: „Du weißt, dass Du hier kaum magische Kraft hast. Nein, Du bist das nächste Opfer und dann gehört das Land mir."

Es kam zum Duell und der Druide schien Recht zu behalten. Ihre Kräfte sanken zusehends. Daher floh sie schnell in den Wald. Der Druide verfolgte Banshee stundenlang, voller Vorfreude auf seinen Sieg.

Auf einer Waldlichtung stellte er dann sein Opfer. Doch dieses sah keineswegs ängstlich aus. Im Gegenteil, es triumphierte! „Narr! Hast Du nicht gemerkt, dass ich nach Richtung Norden geflohen bin? Das ist nun Dein verdientes Ende!" Mit der nun in Richtung Norden wesentlich stärkeren Magie machte sie mit dem Druiden kurzen Prozess.

Stunden später stolperte Merlin im wörtlichen Sinn über die Leiche und fragte sich bekümmert: „Werde ich alt? Wer ist mir denn jetzt schon wieder im Kampf gegen Verbrecher zuvorgekommen? Nach den Ermittlungen gegen die Räuberbande muss ich nun auch noch die gegen den Druiden einstellen. Bleiben mir in nächster Zeit überhaupt noch Fälle zum Erledigen übrig?"

Das Fest

Auf Castle Drinkwonder fand ein großes Festbankett statt. Merlin musste seinen König als Bodyguard dorthin begleiten. Immer wieder murmelte er vor sich hin: „Was soll schon bei so einem langweiligen Fest passieren, außer dass jemand vor Langeweile einschläft? Die Musiker spielen immer dieselben Lieder, der Hofnarr verlockt höchstens zum Gähnen und auch sonst...."

Dann schoss es ihm ironisch durch den Kopf: „Es ist hier so öde, dass vielleicht jemand aus purer Langeweile einen Mord begeht."

Die Musiker klimperten vor sich hin, der Hofnarr versuchte weiterhin vergeblich lustig zu sein und Merlin schlief ganz allmählich ein.

Nach einer Weile weckte ihn sein König: „Wach auf Merlin! Du hast einen Mord aufzuklären!"
Merlin erkundigte sich erstaunt: „Einen Mord? Hat jemand einen dieser miserablen Künstler gerechterweise mit dem Tode bestraft?"
„Nein", erwiderte Arthur. „Der Graf wurde von der Mauerbrüstung gestoßen."
„Der Graf?", erkundigte sich der Zauberer erstaunt. „Diese taube Nuss?"
„Ja, aber das mit der tauben Nuss will ich überhört haben. Er war ein treuer Verbündeter von mir und wer weiß, ob sein Nachfolger auch eine Stütze unseres Königreichs wird."

Merlin schauderte es. Vor politischen Morden scheute er wie ein Karrengaul. Leider schien es sich hierbei genau darum zu handeln.

Möglichkeiten

Hinter dem Mord steckte vermutlich ein ungeduldiger Erbe. Es konnte aber auch ein strategischer Schachzug sein, um des Königs Position zu schwächen. Eine weitere unangenehme Möglichkeit ging Richtung politische Verschwörung. Seufzend machte sich Merlin an die unangenehme Arbeit, die Alibis der Verdächtigen zu prüfen. Natürlich würde dies nichts bringen, denn bei so einem Bankett besaß das Wort Alibi keinerlei Bedeutung. Es gab ein ständiges Herumtorkeln, jeder schaffte es höchstens noch zu lallen und wusste kaum, wo er selber war, geschweige denn, wo die anderen sich vor kurzem aufhielten. Die meisten vermutlich unterm Tisch.

Graf Drinkwonder gehörte zu der Sorte von Menschen, die niemand vermisst. Politisch loyal, menschlich aber eine Katastrophe. Wenn ihn sein König nicht dringend als Stütze seiner schwankenden Macht gebraucht hätte, müsste der Graf im tiefsten Kerker verrotten. Der Zauberer begab sich auf die Suche nach seinem nächsten Erben, der in allem dem Grafen ähnelte.

Der nächste Anschlag

Der Erbe fand sich unter einem der Tische. Mit einer Lautensaite erdrosselt. Merlin schmunzelte. Offensichtlich ein Opfer des Harfisten. Er liebte es, seine Fälle so schnell zu lösen. Nur noch den Harfisten verhaften und nach Camelot zurückreisen. Fort von dieser blöden Party.

Wo versteckte sich dieser Schuft wohl? Nirgends fand sich eine Spur vom Harfisten. Hatte dieser sich im wörtlichen Sinn zu Tode gelangweilt? Nein, er fand sich schnarchend unter dem Musikerpodium.

Merlin wollte den Schlafenden soeben verhaften, als der herbei geeilte Hofnarr zu ihm sprach: „Vergiss es. Der alte Säufer ist unschuldig. Der Täter bin ich."
„Warum hast Du es getan?", begehrte Merlin zu wissen.
„Weil der Graf und sein möglicher Erbe hier widerrechtlich die Bauern enteignet haben. Wer sich wehrte, den warfen sie die Meeresklippen herunter."
Merlin wunderte sich. Ein politischer Mord, den er sogar verstehen konnte. „Leider muss ich Dich dennoch verhaften", meinte der Zauberer bedauernd.
Der Hofnarr lachte schrill: „Erkennst Du mich nicht an meiner Stimme? Ich bin die verkleidete Banshee." Noch immer lachend löste sie sich in Luft auf.
Merlin fand es weniger lustig, dass Banshee ihm im Kampf für Gerechtigkeit mal wieder zuvorkam. Dazu stand der Arme auch noch vor der Aufgabe, seinem König von den Gründen für den berechtigten Anschlag zu berichten. Der Zweck heiligt zwar die Mittel, aber Arthur musste aufpassen, nicht zu tief durch solche Verbündete

in den Sumpf gezogen zu werden. Sonst bekam er auch noch eines Tages Besuch von Banshee, als Mitverantwortlicher, der nicht rechtzeitig eingriff. Was für ein Abend für Merlin. „Die Langeweile am Anfang des Festes war noch das Beste vom Ganzen", sinnierte er tief betrübt.

Neue Abenteuer

Der Zauberer Merlin schritt Tage später flott vorwärts. Dabei nutzte er seinen großen Zauberstab als Wanderstab. Die Menschen in den Dörfern durch die der Zauberer kam, wunderten sich: „Warum reist der Magier auf Schusters Rappen, statt auf einem echten Rappen zu reiten?" Wie bei vielen anderen auch war Merlin der Zeit voraus und der eigentliche Erfinder der heute sehr beliebten Wanderungen. Doch darf niemand es den Menschen der damaligen Zeit verübeln, dass sie nichts vom Wandern hielten. Denn in jenem Jahrhundert wimmelte es nur so von Hexen, Drachen und anderen gefährlichen Lebewesen. Wer verließ da schon freiwillig sein sicheres Dorf? Genau deshalb staunten ja auch alle über den wandernden Magier so. Was sie nicht wussten: Diese große Wandertour diente zwei Zwecken: Bewegung für die Gesundheit und Abstand gewinnen von den schrecklichen Abenteuern der letzten Zeit. Was hatte der arme Merlin alles durchgemacht: Durch sein geliebtes Camelot geisterte scheinbar unaufhaltsam ein mordsgefährliches Lebewesen, in Castle Drinkwonder schlug Banshee zu. Von den mysteriösen Morden auf dem Ponyhof und der schrecklichen Konferenz in Ciderwind ganz abgesehen.

Von allen diesen schaurigen Schrecken wollte unser Held Abstand gewinnen. „Zum Glück sind meine Tochter und ihre Freundin schon eine Weile wieder sicher in ihrer Schule. Wie leicht hätten die beiden damals in Camelot auch ermordet werden können!" Noch im Rückblick schauderte es ihn. Gleich darauf lief ein noch kälterer

Schauer über den Rücken: Direkt am Wegrand lag die geköpfte Leiche eines Mannes. „Seltsam", dachte unser Wanderer. „Im Allgemeinen erstechen doch die Räuber ihr Opfer nur. Warum macht sich jemand die Mühe, sein Opfer zu köpfen?" Sorgfältig untersuchte er die Leiche, die seltsamerweise ihr Geld noch bei sich trug. „Warum tötet ein Räuber jemand und lässt das Geld da? Das ist doch völlig verrückt!" Merlin, der auch der erste Pathologe in der Geschichte war, untersuchte die Leiche sorgfältig. Dabei entdeckte er etwas Seltsames: Das Opfer wurde mit nur einem Hieb enthauptet. Dies ließ entweder auf einen sehr kräftigen Täter schließen oder auf jemand mit Fachkenntnissen. Denn der Hals enthält außer Knochen auch noch sehr starke Muskeln. Köpfen gehörte also keineswegs zu den leichten Dingen dieser Welt. Vom nötigen Fachwerkzeug ganz zu schweigen.

Merlin informierte im nächsten Dorf die zuständigen Behörden und setzte seine Wanderung grübelnd fort: „Da schreiben die Menschen allerlei Romane über mich, aber über meine Detektivarbeit schrieb als erste die Freundin meiner Tochter Mandy. Dabei ist Shirly Sherlocklinchen selbst eine gute Ermittlerin. Vielleicht schreibt sie deshalb so gute Krimis unter dem Pseudonym Ralf Neubohn. Die Fachkenntnis kommt ihr dabei gut zustatten. Wer weiß, vielleicht schreibt sie eines Tages auch über diesen neuen Fall. Wer wohl den Mann tötete? Vor allem weshalb ausgerechnet durch Köpfen? Ein Stich in den Rücken ist doch viel leichter. Äußerst merkwürdig." Über einen Mord an sich regte sich seinerzeit kaum jemand auf. Morde waren unter der sehr armen Bevölkerung an der Tagesordnung. Von Morden durch Hexen und Trollen ganz zu schweigen. Aber selbst die würden sich nicht die Mühe des Köpfens machen. Wozu auch? Rätselhaft an diesem Fall war also die Mordmethode, weniger der Mord an sich. An einem Baum neben dem Weg baumelte ein Erhängter. Der Täter, der Gewissensbisse bekam? Ein neues Opfer? Zur Abwechslung erhängt statt geköpft? Merlin knüpfte die Leiche vom Baum. Der Knoten des Strickes besaß eindeutig fachmännische Qualität. Wer besaß wohl Kenntnisse in Köpfen und Erhängen? Nur Henker oder Scharfrichter. Aber die lebten ja still und zufrieden vor sich hintötend in den Städten. Keiner von denen übte sein Handwerk als fahrender Geselle aus. Merlin nahm vom Strick einen magischen Fingerabdruck. Mit diesem sieht der ermittelnde Magier das Gesicht des Täters. In diesem Augenblick leider nicht. Es erschien nur kurz eine vermummte Henkersgestalt vor den Augen des Magiers. Also doch ein hauptberuflicher Henker? Aber warum war er auf Wanderschaft? Das konnte sich doch niemand erlauben, denn den begehrten Job in der Stadt bekam dann jemand anderes, der nun seiner Freude am Töten völlig legal nachgehen konnte. Das Wort Sadismus gab es damals noch nicht, aber es beschreibt klar die Neigungen einiger bekannter Henker. Unser Merlin setzte stirnrunzelnd seine Wanderung fort. In der nächsten Stadt begannen seine Erkundigungen bei dem örtlichen Henker. Der lebte aber zufrieden offiziell vor sich hintötend dort. Deshalb kam er nicht in Frage. Auch in anderen Orten sah es nicht anders aus. Also ein Amateur? Doch woher sollte dieser die notwendigen Fachkenntnisse haben? Kein gut bezahlter Henker würde diese Fachkenntnisse an einen möglichen Konkurrenten weitergeben. Denn jeder will selber seinen sehr einträglichen Beruf weiter ausüben.

Ein weiterer Mord

Als der Weg durch einen Wald führte, entdeckte der Magier das nächste Opfer. Dieses Mal zu Tode gepeitscht. „Sehr vielseitig dieser Mörder", ging es ihm schon fast anerkennend durch den Kopf. Als Detektiv schätze er kreative Mörder. Die alltäglichen Totschläge oder Erstechungen begannen allmählich langweilig zu werden. Zumal diese auch stets aus denselben Motiven geschahen. Es wiederholte sich also alles bis ins Unendliche. Doch dieser Täter erweckte Merlins professionelles Interesse. Genauso wie seinerzeit die Täter in Camelot und auf dem Ponyhof. Das waren wirklich aufregende, mysteriöse Fälle gewesen. Fälle, wie sie ein magischer Detektiv liebt! Denn je rätselhafter das Motiv, desto spannender für den Ermittler. Hier lag keinerlei Motiv auf der Hand. Verschiedene Mordarten an drei völlig unterschiedlichen Männern. Einem Bänkelsänger, einem wandernden Schuster und dem Geld nach einem Hofbesitzer oder reichen Bürger. Unterschiedlicher ging die Auswahl an Opfern kaum. Was verband die Drei? Irgendeinen Zusammenhang musst es geben. Beim zu Tode gepeitschten Opfer lag noch sein Sack mit Schustermaterial. Diebstahl kam also in allen drei Fällen nicht in Frage. Aber was dann? Welche Gemeinsamkeit hatten die drei? Hasste der Täter Wanderer oder Männer? Sehr unwahrscheinlich. Merlin rieb sich freudig die Hände, endlich wieder ein Fall der seines Verstandes würdig war.

Verhöre

Der Magier beschloss, weiterhin alle Henker der Umgebung zu besuchen, um zu sehen, ob sie fröhlich an ihren Arbeitsplätzen mordeten und nicht auf Tournee. Zu seinem großen Leidwesen fehlte nicht ein einziger an seinem Arbeitsplatz. Da die Auftragslage sehr gut war, konnte sich auch keiner von ihnen einen Arbeitsurlaub leisten. Während sie alle vergnügt ihrer Arbeit nachgingen, dachte Merlin: „Aber beim magischen Fingerabdruck sah ich doch einen Henker! Es ist einfach nicht zu fassen! Niemand kann einen magischen Fingerabdruck fälschen! Tja, was nun?" Auf seinen weiteren Wanderungen fand er zur Abwechslung eine gesteinigte Leiche. Dieses Mal die eines Bauern. Es brauchte nicht gesagt, werden, dass die Steine den magischen Fingerabdruck eines Henkers aufwiesen. Aber wie sollte das bloß möglich sein? Merlin wünschte sich inzwischen sehr, dass ihm die Elfe Shirly Sherlocklinchen zur Seite stünde. Oder das als Detektiv erfahrene Alpaka Watselinchen. „Dieser Fall macht mich noch wahnsinnig", schimpfte der Leidgeprüfte. „Es muss doch ein Henker sein. Aber welcher? Und wie schafft er es, gleichzeitig an seinem Arbeitsplatz und auf Tournee zu sein?" Ein fast unlösbares Rätsel. Es musste sich wohl um einen Männerhasser handeln, da sich nur Männer unter den Opfern befanden. Aber warum sollte ein Henker Männer hassen? Merlin grübelte auf seinen Wanderungen tagelang, kein Geistesblitz zuckte auf. Im Gegenteil, der Fund einer an einem Baum verbrannten Frau widerlegte alle seine Theorien. Ging es dem Mörder nur darum, alle traditionellen Hinrichtungsmethoden „nachzuspielen"? Dann mussten bald solche Sachen wie z.B. Rädern, foltern folgen. Merlin fand wenig vergnügen bei dem Gedanken, derartig zugerichtete Leichen zu finden. Auch Opfer der Hinrichtungsart Vierteilen wollte er lieber nicht entdecken. Wieder kam der Zauberer auf seine ursprüngliche Frage zurück: Warum erstach der Täter seine Opfer nicht einfach? Es wäre nicht nur die leichteste Mordart, sondern für ihn auch die ungefährlichste. Denn bei allen der bisherigen aufwendigen Taten brauchte er viel Zeit. Zeit, in der er auf frischer Tat ertappt werden konnte. Dieses Risiko einzugehen, musste doch einen Grund haben. Doch welchen? Als der Zauberer die zerfetzte Leiche eines Bettlers fand, fiel ihm ein, dass er die Hinrichtungsart von Pferden totgeschliffen werden vergessen hatte. Welch kreativer Kopf! Aber das machte die Ermittlungen auch nicht leichter.

Noch mehr Verhöre

Merlin beschloss, nochmals alle Henker zu besuchen und einem strengen Verhör zu unterziehen. Einer von ihnen musste es doch gewesen sein! Aber wie er mitten in der stressigen Hauptsaison die Zeit zu diesen Untaten fand, blieb einfach unbegreiflich. Die langweilige Verhörroutine folgte von Stadt zu Stadt, ohne jedes Resultat. In London klagte er sein Leid dem dortigen langjährigen Henker. Plötzlich entfuhr diesem ein höchst hexenhaftes Kichern.

„Du hast den traditionsreichen Beruf des Henkers entweiht!", brüllte Merlin höchst empört.

Die Frau warf die Kapuze des Henkermantels zurück. Vor Entsetzen wich Merlin einen Schritt zurück. Es war die böse Fee Morgana!

Scharf schrie diese: „Alter, sabbernder Idiot! Was glaubst Du, wie viel Leute wie ich in diesem Beruf ihren Blutdurst stillen? Völlig legal!"

Doch der Zauberer erwiderte angewidert: „Ach, ja? Und die Mordserie auf den Straßen? Die ist nicht legal!"

Genervt sprach die böse Fee wie zu einem kleinen Kind: „Nein, ist sie tatsächlich nicht. Doch diese Leute verdienten den Tod! Der echte Henker von London bekam mit, wie diese Verbrecher es schafften, die Gerichte fälschlicherweise von ihrer Unschuld zu überzeugen. Er wollte sie mit den jeweiligen Todesarten bestrafen, die auf ihre Vergehen stehen. Doch wie das Anfangen? Nach ihren Prozessen verließen diese Schufte die Stadt und der Henker konnte seinen Arbeitsplatz nicht aufgeben, um sie zu suchen. Da brachte ich ihn auf die Idee, dass er den Tätern nachreist, während ich ihn hier als Double vertrete."

„Woher kanntest Du ihn?", begehrte Merlin zu wissen.

„Ach, ich schaute stets den öffentlichen Hinrichtungen in der Stadt mit so viel Begeisterung zu, dass er mit seinem Fan eines Tages ins Gespräch kam."

„Ich lasse Euch beide verhaften!", bellte Merlin angeekelt.

Die böse Fee kicherte: „Das wirst Du nicht schaffen. Der Henker ist irgendwo auf unserer großen waldreichen Insel unterwegs und ich habe hier als Vertretung völlig nach den Gesetzen gearbeitet! Du wirst niemals beweisen können, dass ich von den Plänen des Henkers wusste. Für unser Gespräch hast Du keine Zeugen!"

Wutschnaubend musste der Magier die böse Fee gehen lassen, die sich wohl schon unterwegs neue Pläne für weitere Untaten machte. „Eines Tages kriege ich die beiden doch noch!", knurrte er. Dieses Mal unternahm er gegen die Fee nichts weiter, denn er wollte über diese später auf die Spur des Henkers kommen.

Tod im Finsterklammwald

Eines Abends schaute Merlin magische Nachrichten in seiner Zauberkugel. Im Schlossgraben von Camelot fanden Fischer eine leere Ritterrüstung. „Wie ist ihr damals bloß die Flucht gelungen?", fragte er sich wie schon oft in den letzten Tagen. „Einfach unmöglich!" Vor lauter Grübeln überhörte er fast die Meldung, dass es im Finsterklammwald in einem Schulhaus für junge Elfen und Feen einen mysteriösen Mord gab. Das Schulhaus befand sich passender– oder unpassenderweise in dem ehemaligen Hexenhaus einer bösen Hexe, die vor einiger Zeit im Ofen endete. Merlin horchte auf, denn dort gingen seine Tochter Mandy und ihre Freundin Shirly Sherlocklinchen zur Schule! Sofort zauberte er sich an Ort und Stelle. Leider landete er dabei auf den Füßen der Elfe Shirly, die ironisch meinte: „Kommen Sie mir nicht zu nahe!"

Mandy rief freudig: „Oh, Papa! Hier ist ein besonders scheußlicher Mord begangen worden. Jemand hat die Elfe Nicki Neugier im Hühnerstall an die Wand genagelt!"

„Du meine Güte! In was für eine Schule gehst Du bloß, Mandy?", schrie Merlin völlig entsetzt.

Seine Tochter erwiderte schnippisch: „In die Schule, wo Du mich hingeschickt hast! Ich wäre lieber mit Kleckselinchen in die Hexenschule gegangen, da ist viel mehr los!"

Merlin meinte ironisch: „Ich dachte eigentlich, hier sei auch genug los. Davon abgesehen als junge Zauberin gehörst Du in eine Schule mit Elfen und Feen."

Die Elfe Shirly Sherlocklinchen rief gut gelaunt: „Ist doch egal, Hauptsache wir drei ermitteln wieder zusammen! Und auch noch in so einem grusligen Fall!"

Merlin ließ sich von beiden den Sachverhalt erklären, dieser lautete kurz und grausig: In den letzten Tagen geschah überhaupt nichts, außer dem tödlich langweiligen Unterricht, bis sich die Leiche Nickis fand. Daraufhin schloss erfreulicherweise die Schule – alles Schlechte hat also auch sein Gutes – und nur Mandy und Shirly blieben zwecks Ermittlungen hier. Doch fanden die beiden bisher überhaupt nichts heraus. Wie auch? Dass die kleine Elfe Nicki so enden würde, hätte sich niemand jemals gedacht, so süß und unbedeutend, wie sie war. Hätte jemand die Lehrerin Grimhilde Grimmig-Kreisch getötet, wäre es vollkommen erklärlich und verzeihlich gewesen. Eine gute Tat sogar.

Die Leiche Nickis

Stirnrunzelnd besichtigten die drei den Tatort. Warum geschah der Mord ausgerechnet dort? Weil wegen dem lauten Gackern eventuelle Schreie untergingen? Oder kam selten jemand wegen der üblen Gerüche in den Stall, so dass hier die Gefahr ertappt zu werden gegen Null tendierte?

Shirly schlug eine dritte Variante vor: „Weil Nicki Neugier zu den besonders dummen Hühnern gehörte?"

Mandy murmelte: „Ich fand sie so süß."

Shirly entgegnete: „Ja so süß wie einfältig."

Mandy erwiderte scharf: „Sie war nicht einfältig!"

Gelassen antwortete Shirly: „Wer mit einem Mörder in einen einsamen, stinkenden Hühnerstall geht, ist extrem einfältig."

Mandy überlegte: „Warum sie wohl freiwillig in den Stall gegangen ist?"

Überlegen trumpfte Shirly auf: „Vermutlich, weil Frau Grimmig-Kreisch sie mitnahm!"

„Du meinst, unsere Lehrerin ist die Täterin?"

„Klar", sprach Shirly überlegen. „Wer ist sonst böse genug dazu?"

Merlin mischte sich ein: „Die Sturmhexen, die Steintrolle, die Kobolde…"

Oh, weh! Mehr als genug Verdächtige. Doch alle drei fragten sich weniger wer war es, sondern: Warum? Denn harmloser und unbedeutender als Nicki konnte niemand sein.

Die Lehrerin

Merlin überlegte für sich selber: „Viele von uns haben früher von ihrer Lehrerin gesagt: ‚Das ist eine alte Hexe'. Vielleicht gehört die Lehrerin tatsächlich zu den bösen Hexen und Nicki fand es heraus. Aber würde sowas in einem magischen Wald irgendjemand schockieren? Werwölfe, Vampire, Dämonen, Drachen und all die anderen magischen Wesen des Waldes empfinden Hexen doch als etwas Alltägliches."

Shirly hingegen sprach aus, was sie gerade dachte: „Die Neugier Nickis muss der Schlüssel zu ihrem Tod sein. Aber was kann sie nur herausgefunden haben?"

Pragmatisch schloss Mandy das Gespräch ab: „Bevor wir über das Motiv rätseln, sollten wir zuerst zwei Beweisspuren verfolgen. Denn durch die kommen wir unter Umständen direkt zum Täter."

Shirly ergänzte: „Du meinst den Obduktionsbericht von Gorilla Gerichtsarzt und den magischen Fingerabdruck? Ja, das könnte was bringen. Aber zuerst sollte der Senior in unserem Team sich die Leiche genauer ansehen, schließlich ist er Pathologe."
Sehr wahr.

Die Untersuchung

Doch der Pathologe Merlin entdeckte auf den ersten Blick nichts Verdächtiges. Aber die Obduktion zusammen mit Gorilla Gerichtsarzt konnte später durchaus den Durchbruch in diesem Fall bringen. Doch zuvor versuchte der Zauberer den magischen Fingerabdruck. Er sprach die berühmten Worte: „Oh, magischer Fingerabdruck erscheine und zeige des Täters Gesicht!"

Der magische Fingerabdruck antwortete: „Bitte warten Sie, Sie werden gleich bedient. Bitte warten Sie…"

In magischen Wäldern ist so viel los, dass niemand aus der Kriminalistik mit der Arbeit nachkommt. Auch der magische Fingerabdruck nicht. Merlin beschloss, es später nochmals zu probieren. Mit den beiden Mädchen suchte er in der Umgebung des Hühnerstalles nach Beweisen. Sie fanden auch Einiges: Haarspangen, Kaugummis, angelutschte Bonbons und Ähnliches. Dies bewies nur eines: Dass sehr viele Mädchen abwechselnd Dienst im Hühnerstall hatten: füttern, kehren und die Eier holen. Es bewies aber auch, dass sie sich zumindest ums Kehren nicht viel scherten.

Gorilla Gerichtsarzt

Gorilla Gerichtsarzt untersuchte zusammen mit Merlin später die Leiche. „Nichts an Hinweisen", meinte der Gerichtsarzt seufzend. „Versuchen wir es mal mit dem magischen Fingerabdruck." Zur großen Überraschung des Gerichtsarztes seufzte nun Merlin sehr tief. Nach seiner Beschwörungsformel ertönte: „Der Anschluss ist derzeit nicht erreichbar, der Anschluss…"

Nun seufzten beide abgrundtief im Duett: „Mit der Magie geht es auch langsam zu Ende. Früher, in der guten, alten Zeit passierte sowas nicht." Beide schüttelten bedauernd den Kopf. Wie sollte der Fall ohne magischen Fingerabdruck gelöst werden? Der Täter hatte keine sichtbaren Spuren hinterlassen. Oder stellten die Haarspangen, Kaugummis und Bonbons einen Hinweis dar? Wohl kaum!

Die Todesart

Gorilla Gerichtsarzt grübelte: „Seltsam, dass niemand Nickis Schreie hörte." Merlin entgegnete: „Der Hühnerstall ist sehr abgelegen, die Wände dick und die Hühner gackern so laut, wie in der weit entfernten Schule die Mädchen. Von daher ist es nicht so überraschend, dass niemand etwas mitbekam. Mich wundert etwas ganz Anderes: Wie konnte der Täter sich sicher sein, dass Nicki verblutete, bevor sie jemand fand?"

Gedankenvoll versuchte er ein letztes Mal den magischen Fingerabdruck zu nehmen. Zur Abwechslung hieß es nun: „Kein Anschluss unter dieser Nummer, kein Anschluss…" Fluchend gab der Magier seine fruchtlosen Versuche auf, durchzukommen. Offensichtlich kam die magische Zentrale mit der Arbeit nicht nach. Die Wortwahl zu diesem Thema von Gorilla Gerichtsarzt bestand aus so unanständigen Wörtern, dass wir sie hier lieber nicht wiedergeben. Es blieb für Merlin und die Mädchen nichts anderes übrig, als Verhöre anzustellen. Z.B. ob die Großohrzwerge etwas hörten oder die Besenhexen während des Fliegens etwas sahen.

Der letzte Anruf

Mandy Merlin versuchte heimlich ebenfalls einen Anruf in der magischen Zentrale. Doch sie kam nicht mal bis zur Banddurchsage. Alles Hörenswerte lautete: „Biep, biep, biep....", das Besetztzeichen. Nach ihrem Versuch lauschte sie dem Verhör der Großohrzwerge. Das Mädchen versprach sich nichts davon, denn Großohrzwerge galten hier im Wald als Großmaulzwerge, welche die unglaublichsten Dinge gehört haben wollten. Auch jetzt berichteten die Großohrzwerge unseren drei magischen Detektiven: „Ja, wir hörten ganz deutlich das Stampfen eines riesigen Sauriers. Doch der musste ein magisches Wesen gewesen sein. Denn wir entdeckten keinerlei Fußspuren. Dasselbe gilt für den Yeti, der förmlich durch den Wald raste. Bestimmt floh er voller Angst vor dem Mörder." Während des Verhörs alterten unsere Freunde stark. Sie welkten förmlich vor sich hin, bei diesem sinnlosen Geschwätz. Nun, zum Glück gab es noch andere magische Wesen im Wald. Vielleicht sahen diese WIRKLICH etwas...

Rufus Rumpelfuss

Den Troll Rufus Rumpelfuss trafen die drei wenig überraschend beim Essen an. Der hatte einiges zu sagen: „Nicki
Neugier lautete passenderweise ihr Nachname. Sie spickte
in die Kochtöpfe der Sturmhexen, in die Höhlen der
Schrumpelzwerge und der Wurzelzwerge. Noch nie sah
ich jemand so neugieriges. Da Nicki überall herumstöberte,
wo sie nichts zu suchen hatte, entdeckte das Mädel wohl
einmal etwas Verhängnisvolles."

Mandy seufzte: „Ja, aber was? Und bei wem?"

Shirly ergänzte: „Selbst wenn wir das herausfinden: wie
es beweisen?"

Rufus schlug zufrieden weiterfutternd vor: „Lasst den
Verdächtigen von pinselzüngigen Fußpinslern ein wenig
foltern oder von Steintrollen ein klein wenig steinigen.
Das wird die Zunge des Täters schon lösen. Aber wer mag
es wohl gewesen sein?"

Wie im Chor erklang es dreistimmig: „Ja, wer?"

Rufus fügte hinzu: „Warum? Welches Geheimnis recht-
fertigt Mord?"

Neue Zeugen

Die Sturmhexen und Besenhexen erzählten unseren Freunden äußerst windige Theorien, aufgeblasen und hohl wie das Auge eines Orkans. Die Wurzelzwerge hingegen stellten ihr Licht unter den Wurzelscheffel und berichteten nur, dass unter der Erde niemand floh, was niemand verblüffte. Der Drache Draxo Feuerspei schlug vor, ihm den Täter auszuliefern, damit er diesen ein bisschen flambieren könne.

Kläglich seufzend meinte Mandy: „Wenn wir ihn erst hätten!"

Shirly schlug vor: „Links und rechts von unserem Wald sind zwei Alpaka- und Lamahöfe. Lasst uns dort nach Hilfe fragen. Vielleicht bringt das Detektiv-Alpaka Watselinchen von dem einen Hof oder vom magischen Lama- und Alpakahof meine beiden Cousinen uns weiter."

„Du meinst die schüchterne Fee und die besonders schusslige Hexe?", erkundigte sich Merlin skeptisch. „Wir brauchen deren Hilfe nicht. In jedem Krimi auch in diesem − schaffen es die Detektive den Fall ohne Hilfe zu lösen."

Shirly hielt diese Einstellung für falsch, schwieg aber aus Respekt vor dem alten Zauberer.

Die Spur wird heißer

Unsere Detektive befragten weiterhin alle Bewohner des Waldes: Die Harpyien, das Werwolfrudel und die besonders gefährlichen Saugsaurier. Diese sahen wie ein riesiger Staubsauger auf vier Beinen aus, bewegten sich auch dementsprechend langsam. Ihre Beute glaubte daher fälschlicherweise, ihnen problemlos entkommen zu können. Doch sie beachteten den riesigen Saugrüssel nicht genug, der selbst auf große Entfernung alles einsaugen konnte. Voll großer Nervosität wurden auch diese Monster befragt. Das Risiko lohnte sich, denn sie sahen in manchen Nächten verdächtige, schattenhafte Gestalten durch den Wald schleichen, leider außerhalb der Reichweite ihrer Saugrüssel. Die Detektive kamen also langsam aber sicher auf die Spur des Mörders.

Das Picknick

Vor dem Endspurt beschlossen sie auf Shirlys Anregung hin, ein veganes Picknick zu veranstalten, um sich vor der Entscheidung noch zu stärken. Die veganen Delikatessen mundeten außer Shirly niemanden besonders, was ihr aber nichts ausmachte: „Ihr könnt nicht immer Würstchen und Buletten bei einem Picknick erwarten", meinte sie im Plauderton. Die beiden anderen wünschten sich lieber den Schlussspurt der Mörderjagd, als dieses etwas fade Essen. Veganes Essen kann auch sehr lecker sein, leider gehörte Shirlys Zauberkunst in Bezug auf Speisen noch ins Anfängerstadium. Unsere Helden bemerkten leider nicht, wie sich der Feind immer näher anschlich, bis er direkt vor ihnen stand. Zu spät für seine Opfer, um nach ihren Zauberstäben zu greifen. Oh, weh!

Die Kavallerie

Das Alpaka Watselinchen und sein Detektivkollege Felix erhielten eine Weile vorher Shirlys magischen Brief. Diesen schrieb sie heimlich, als sich Merlin gegen Hilfe von auswärts aussprach.

Das Lama Felix meinte: „So, dann rückt die rettende Kavallerie jetzt aus. Mal sehen, ob wir auch in diesem Krimi erfolgreich sind."

Das Alpaka Watselinchen meinte etwas von oben herab: „Wir haben unsere ersten Fälle so perfekt gelöst, dass darüber ein Buch geschrieben wurde. Ich sehe keinen Grund, warum es dieses Mal anders sein sollte."

Mutig begaben sich die beiden in den dunklen Finsterklammwald. Was für Schrecken sie dort wohl erwarteten? Hatten die Tiere überhaupt eine Chance gegen einen Feind, dem selbst magische Wesen unterlagen?

Immer der Nase nach

Felix beklagte sich: „Dieser Ort heißt zu Recht Finster-klammwald. Ich verstehe wirklich nicht, warum jemand freiwillig hier wohnt."

Doch Watselinchen erklärte: „Ja, für uns beide wäre das nichts. Aber magische Wesen ziehen sich an solche Orte zurück, da sie nicht mit normalen Menschen in einer Stadt zusammen wohnen können. Stell Dir mal vor, was passieren würde, wenn Werwölfe in einer Stadt lebten."

„Ja", stimmte das Lama zu. „Andererseits weiß ich nun, warum manche Lebewesen böse werden. Wer lange an so einem scheußlichen Ort wohnt, muss sich ja negativ verändern."

Normalerweise wären die beiden nicht weit in diesem Wald vorangekommen. Da ihre Abenteuer aber aus Band 1 meiner Tierkrimi-Reihe bekannt waren, landeten die beiden Detektive bei keinem Waldbewohner als Snack auf dem Tisch. Würde das Duo rechtzeitig zu dem gefangenen Trio gelangen?

Vorwärts!

In so einem dichten Wald voranzukommen, ist für solche großen Tiere sehr schwer. Vor allem für Lamas. „Was hier fehlt, ist ein Holzfäller!", bruddelte das Lama.

„Eher ein Bulldozer", kommentierte das Alpaka.

Beide wurden aus dem Dickicht von geheimnisvollen Augen beobachtet. Hoffentlich nicht von feindlichen! Aber wer weiß? Vielleicht trabten sie gerade in eine Falle? Wie unser Detektiv Trio vorher auch?

„Es ist kalt hier", nörgelte Felix.

Watselinchen stichelte: „Lamas haben dichtes Fell, welches sogar in sehr kalten Bergregionen warm hält."

„Wer hat Dir denn dieses Märchen erzählt?", begehrte das Lama zu wissen.

„Einer, der es wissen muss! Dein lieber Onkel Fred."

„Oh, der alte Schwätzer, das hätte ich mir denken können", war alles, was Felix dazu sagte.

Die Axt wird geschärft

Zur selben Zeit schärfte der Böse seine Axt, um die inzwischen gefesselten Opfer zu töten. Beklommen sahen ihm die drei dabei zu, ohne Hoffnung auf Hilfe. Denn das Versteck des Mörders lag weit abgelegen in einem besonders ekligen Teil des Waldes. Und wenn man in einem so schauerlichen Wald in einem besonders ekligen Teil wohnt, heißt das schon sehr viel.

Doch nicht nur dies ließ die Hoffnung der drei sinken, sondern auch die beiden weiblichen Mitbewohner des Hauses, die vergnügt dem Schärfen des Beiles zusahen. Die eine der beiden schlug vor: „Lass uns doch auch unseren Spaß! Es ist doch langweilig, alle drei auf dieselbe Art zu töten! Wie wäre es, die schlanke Elfe zu essen, den zähen Alten mit der Axt zu töten und seine Tochter im Moor zu versenken? Das fände ich viel lustiger."
So ging die Unterhaltung fort, welche die letzte Hoffnung endgültig begrub. Im Finsterklammwald lebten doch wirklich böse Wesen!

Eine Falle für die Kavallerie

Ahnungslos trabten die vermeintlichen Retter durch den Wald.

Felix erkundigte sich: „Woher weißt Du denn die Richtung?"

Watselinchen murmelte: „Ich rieche Angst, große Angst, auf weite Entfernungen. Wir müssen einfach diesem Geruch folgen. Er kommt von da hinten."

Im Gebüsch lauerten vergnügte Schrumpelzwerge. Ihr Abendessen lief geradewegs auf eine tödliche Falle zu! Welch eine Freude!

Plötzlich sträubte sich das Fell von Felix: „Ich spüre eine Gefahr, wir müssen vorsichtig sein."

Die beiden liefen nun etwas langsamer auf die Falle zu. Die Schrumpelzwerge jubelten innerlich noch mehr. Voller Vorfreude rieben sie ihre schrumpligen Hände aneinander.

Todesart

Bei den Wärtern der Gefangenen nahm in diesem Moment die Diskussion zu, welche Todesarten vorzuziehen wären. Fröhlich kichernd schlug eine der Bösen vor: „Pfählen ist doch mal was anderes. Oder wie wäre es mit in einem heißen Topf Wasser kochen?"

„Dafür sind unsere Töpfe viel zu klein", konterte die andere schwarze Dame. „Aber ich habe eine gute Idee. In meinem Bücherbord ist ein Buch mit Foltermethoden. Da sind recht niedliche Dinge drin."

„Au, fein", begeisterte sich der Mörder mit der Axt. „Abwechslung muss einfach sein. Aber wir müssen uns beeilen, es liegt noch viel andere Arbeit vor uns!"

Unsere drei Helden überlegten trübe, wie sie nur so leichtsinnig gewesen sein konnten. Tja, dazu gab es wirklich nichts Tröstliches zu sagen.

Die Falle

Aus einem Gebüsch rannte plötzlich ein Hirsch heraus, genau unseren beiden Tieren vor die Nase. Mit einem merkwürdigen Geräusch brach unter ihm der Boden der Falle ein und der Hirsch fiel in die tiefe Grube der Schrumpelzwerge.

„Nochmal Glück gehabt", wisperte Felix. „Wir müssen uns noch vorsichtiger vorwärtsbewegen. Hoffentlich kommen wir dadurch nicht zu spät."

Tja, die Zeit eilte. Aber in einem solchen Wald könnte Hast tödlich enden, wie der Hirsch zeigte. Die beiden gingen am Rand der Falle vorbei.

„Der Geruch nach Angst nimmt zu", bemerkte Watselinchen. „Wir kommen näher."

Ja, aber auch sehr langsam. ZU LANGSAM?

Der Mörder holt zum Schlag aus

Der Diskussionen inzwischen müde, beschloss der Mörder kurzerhand zuzuschlagen. „Wenn wir mal andere Gefangene haben, könnt Ihr beiden Euren Spaß haben. Aber meine Axt will jetzt endlich Blut sehen!" Der Mörder trat vor Merlin und holte schwungvoll mit der Axt aus. Da traf ihn am Hinterkopf ein so harter Schlag, dass er tot zusammenbrach. So endete der Henker mitten bei der Arbeit. Ein fast beneidenswerter Tod. Doch woher kam er? Das Lama erlegte den Bösen mit seinen Hufen. Kurze Zeit lähmte die Überraschung alle. Doch dann griffen die böse Fee Morgana und die Moorhexe zu ihren Zauberstäben, um die beiden Tiere zu vernichten. Magie haut selbst das stärkste Lama um! Was tun? Die Bösen befanden sich weit außerhalb der Tierhufe. Aber die Tiere standen genau in der Reichweite der Zauberstäbe!

Das drastische Finale

Böse lachten die beiden Frauen, begannen tödliche Zaubersprüche zu murmeln. Da zerfielen sie auf einmal zu Asche. Ein großer Feuerstrahl des Drachen Qualmchen erledigte den Fall.

Merlin rief freudig aus: „Qualmchen! Woher kommst Du denn?"

Der Drache erwiderte: „Wir erhielten auf dem magischen Lama- und Alpakahof den Brief von Shirly und machten uns sofort auf den Weg. Im Wald verliefen sich leider die beiden schussligen Mädchen, aber ich höre sie gerade kommen."

Freudig begrüßten die junge Hexe Kleckselinchen und ihre Schwester Ninvy die anderen.

Merlin lobte Shirly: „Du hattest recht an die beiden Höfe links und rechts vom Finsterklammwald zu schreiben. Ohne diese Idee wären wir jetzt tot. Aber durch die Hilfe vom Detektivtierhof und vom magischen Lama- und Alpakahof ging doch noch alles gut aus. Shirly, Du bist viel weiser, als ich alter Zauberer!"

Erklärungen

Die nun ihrer Fesseln Befreiten feierten mit ihren Rettern ein großes Fest. Dabei umarmte Shirly ihre beiden Cousinen vom magischen Lama- und Alpakahof besonders herzlich. Zu der jungen Hexe Kleckselinchen sprach sie: „Du bist die liebste aller schussligen Hexen und Deine Schwester ist die netteste aller schüchternen Feen."

Verlegen erröteten die Genannten und fragten einstimmig: „Was steckte nun hinter allem?"

Merlin begann die bei Krimis übliche Schlusserklärung des Falles: „Die böse Fee Morgana beging früher zahlreiche Morde, bis sie auf die geniale Idee kam, als Vertreter des Henkers von London zu arbeiten, so dass dieser nun außerhalb Londons illegal Verbrecher verfolgen konnte. Vorgeblich wegen der Gerechtigkeit, in Wirklichkeit aus Hang zur Grausamkeit. Als ich den beiden auf die Spur kam, flohen sie zur bösen Moorhexe und fanden hier Unterschlupf. Denn obwohl Morganas Morde als Henker von London legal waren, waren es ihre Morde in Schloss Camelot seinerzeit nicht. Ihr erinnert Euch sicherlich noch an diesen frühen Fall von uns."

So war es also

„Natürlich erinnern wir uns, wir waren doch damals schließlich auch dabei!", riefen empört Shirly und Mandy wie aus einem Mund. „Was hat das alles mit Nicki zu tun?"

Merlin fuhr fort: „Nicki entdeckte wohl einmal beim neugierigen Rumstöbern, dass neuerdings zwei unheimliche Gäste bei der Moorhexe lebten. Da jeder von Nickis Eigenarten wusste, schickte die Moorhexe den Henker zum Töten Nickis aus. Doch damit verriet sie zumindest, dass der Henker hier irgendwo versteckt lebte. Denn durch die Todesart Kreuzigen setzte er unbewusst seine Hinrichtungsreihe fort. Das wurde mir sofort klar, weswegen ich gleich hierher reiste. Mehr ahnte ich zu dieser Zeit aber auch nicht. In so einem grusligen Wald hätte der Henker sicherlich auch noch woanders Unterschlupf gefunden."

Anschließend entbrannte eine Diskussion darüber, ob dieser Fall Band 9 der magischen Lama– und Alpakahof-Reihe oder Band 2 der Tierkrimi-Reihe oder doch letztendlich Band 5 der Fantasykrimi-Reihe werden sollte, wofür dann schließlich doch die Entscheidung fiel.

Und nun?

Es wurde eine lange Partynacht, die alle Beteiligten noch lange in ihrer Erinnerung genossen. Was die Beteiligten nicht wussten: ANSCHEINEND lag der Fall für alle Welt restlos gelöst da. Doch dies täuschte. Denn es gab einen ganz besonderen Grund, warum sich die Bösen gerade hier versteckten. Einen Grund, der Merlin, Mandy und Shirly vor noch viel größere Probleme stellen sollte, als dieses Mal. Aber auch auf dem Hof von Watselinchen und Felix wartete bereits ein ganz neuer Fall. Im Gegensatz dazu tobte wie immer ein heiteres Chaos auf dem magischen Lama- und Alpakahof. Wie die verehrten Leser sehen können, ging es in allen drei Buchreihen fulminant weiter. Schon jetzt viel Spaß beim Lesen der nächsten Fantasy-krimis, Tierkrimis und heiter magischer Lama- und Alpakahof-Geschichten!

Ihr Ralf Neubohn

Ende der Ermittlungen

Liebe Leser/innen,

für heute enden die spannenden Abenteuer. Da sich aber dort in der Gegend laufend Neues ereignet, wird die Reihe bald fortgesetzt.

Bis dahin alles Gute!

Ihr Ralf Neubohn

Bücher von Ralf Neubohn:

Krimi:

„Mörderisch gut"

„Die Gartenschau-Morde"

Fantasy Krimi:

„Der geheimnisvolle Tod des Werwolfs"

„Merlin und die mysteriösen Morde auf dem Ponyhof"

„Merlin und der unheimliche Hexenjäger"

„Merlin, Banshee und der geheimnisvolle Henker"

Tier Krimi:

„Mord auf dem Alpaka- und Lamahof"

Science Fiction Krimi:

„Sam Space"

Lama und Alpaka Reihe:

„Weihnachten mit Alpaka, Lama und der schussligen Hexe"

„Zauberhafte Ferien mit Alpaka und Lama"

„Der magische Hof, der Drache und die schusslige Hexe"

„Magische Stippvisite vom Drachen und der Hexe"

„Hof-Gala für Fee, Einhorn und Kamel"

„Geheimnisvolle Weihnachten mit Hexe, Drache und schüchterner Fee"

„Magische Reisen mit schussliger Hexe und schüchterner Fee"

„Weihnachtszauber im magisch-chaotischen Hofcafé der Hexe"

Alpaka Reihe:

„Die Alpakas vom Nikolaus"

„Der Nikolaus und sein Alpaka auf Tournee"

„Applaus für Alpaka und Osterhase"

„Das Comeback des geheimnisvollen Alpakas"

„Premieren-Abend mit Alpaka und Phönix"

„Halloween, Drache und Alpaka im Scheinwerferlicht"

„Das magische Alpaka und der Drache"

Gedichte

„Hier und Jetzt"

„Frisch gewagt"

Gedichte und Kurzgeschichten

„Die zauberhaften Altbohns"

Bücher mit schwarzen Humor Gedichten

„Die Gartenschau-Morde"

„Tod auf dem Kaktus"

„Neues vom 1. April"

Gartenschau Trilogie

„Flammenfeder live von der Gartenschau"

„Gartenschau Phantasie"

„Herzlich willkommen Gartenschau"

„Galaabend für die Gartenschau"

„Abschiedsvorstellung für die Gartenschau"

„Die Gartenschau-Morde"

„Tod auf dem Kaktus"

„Neues vom 1. April"

„Gartenschau Magie"

„Die Gartenschau im Rampenlicht"

Heiteres aus dem Autorenleben

„Im Tal der Autoren"

„Alle Autoren an Bord"

„Terry ein Schotte in Schwaben"

„Die zauberhaften Altbohns"

Fantasy

„Premieren-Abend mit Alpaka und Phönix“

„Halloween, Drache und Alpaka im Scheinwerferlicht“

„Das magische Alpaka und der Drache“

„Weihnachten mit Alpaka, Lama und der schussligen Hexe“

„Der magische Hof, der Drache und die schusslige Hexe“

„Magische Stippvisite vom Drachen und der Hexe“

„Hof-Gala für Fee, Einhorn und Kamel“

„Geheimnisvolle Weihnachten mit Hexe, Drache und schüchterner Fee“

„Magische Reisen mit schussliger Hexe und schüchterner Fee“

„Weihnachtszauber im magisch-chaotischen Hofcafé der Hexe“

„Der geheimnisvolle Tod des Werwolfs“

„Merlin und die mysteriösen Morde auf dem Ponyhof“

„Merlin und der unheimliche Hexenjäger“

„Merlin, Banshee und der geheimnisvolle Henker“

Jahresfeste

„Weihnachten mit dem literarischen Kleeblatt"

„Auf der Suche nach dem verlorenen Osterei"

„Weihnachten und Silvester mit Flammenfeder"

„Vorhang auf für Nikolaus, Weihnachten und Ferien"

„Bühne frei für Fasching und Halloween"

„Die Alpakas vom Nikolaus"

„Die Bettsocken vom Weihnachtsmann"

„Silvester und Weihnachtsmarkt geben sich die Ehre"

„Der Nikolaus und sein Alpaka auf Tournee"

„Applaus für Alpaka und Osterhase"

„Halloween, Drache und Alpaka im Scheinwerferlicht"

„Das Comeback des geheimnisvollen Alpakas"

„Weihnachten mit Alpaka, Lama und der schussligen Hexe"

„Geheimnisvolle Weihnachten mit Hexe, Drache und schüchterner Fee"

„Weihnachtszauber im magisch-chaotischen Hofcafé der Hexe"

Nachwort

Liebe Leser,

Sie sind nun an das Ende meines kleinen Büchleins gekommen. Ich hoffe, Sie gut und abwechslungsreich unterhalten zu haben.

Falls Sie beim Lesen auf den Geschmack gekommen sind, so gibt es von mir viele weitere schöne Bücher zum selber Genießen oder als originelles Geschenk für andere. Etwa zu Ostern, Weihnachten und Geburtstagen.

Mit freundlichen Grüßen und hoffentlich bis bald!

Ihr Ralf Neubohn

Auf Schloss Camelot bricht die Magieversorgung vollkommen zusammen. Zufall? Eine Verschwörung finsterer
Mächte? Können der Zauberer Merlin, seine Tochter und
die zu Besuch weilende Elfe das Böse stoppen? Was
steckt hinter den Morden an den Bewohnern Camelots?
Im 2. Band der Fantasy Krimi Reihe schlagen zwei
mysteriöse Mörder erbarmungslos zu. Nicht nur auf Camelot
selber, sondern auch auf einem benachbarten Ponyhof.

Im 3. Band der Fantasy Krimi Reihe bekommen es Merlin, seine Tochter Mandy und die Elfe Shirly mit einem sehr mysteriösen Hexenjäger zu tun. Warum schlägt er ausgerechnet in den von Hexen wimmelnden Wäldern Camelots zu? Wozu eine so gefährliche Akkordarbeit verrichten? Werden die Hexen vereint dem unheimlichen Hexenjäger den Garaus machen? Auf wessen Seite sollen sich Merlin und die beiden Mädchen stellen? Wer ist in diesem Fall tatsächlich der Gute?